寺田幸子句集

Terada Yukiko

見失ふために

ふらんす堂

序

このたび寺田幸子さんが第一句集『見失ふために』を上梓されることになった。先ず心からお慶びを申し上げたい。

寺田さんから句集を出版したいとの希望を聞いたのは令和四年の一月のことだった。私ども「閏」の新しい句会に寺田さんも参加くださり、その句会の帰り道であった。寺田さんとは鍵和田秞子主宰の「未来図」の同門。主宰ご逝去後に残念ながら「未来図」は終刊となり、寺田さんは縁あって私が代表を務める「閏」に令和三年二月、創刊同人として参加してくださった。すでに俳歴も十五年。そろそろ第一句集をと思っていらっしゃったのだろう、躊躇うことなくご自分の希望を述べられ、それ以降はかなり早いペースで意欲的に自作を纏められた。それが本句集である。

　寺田さんは、文学を愛好されていたご両親のもとで伸び伸びと育ち、幼い頃よりご両親の書棚の本を沢山読まれたという。その中では高校時代の多感な頃に父君から貰った秋元不死男の『俳句入門』が特に気に入り、同書を読んでから俳句が好きになった由。それはまだ俳句への淡い憧れに過ぎなかったようだが、大学進学、就職、結婚、子育てを経て漸く自分の時間が持てるようになった平成十八年の秋、朝日カルチャー立川での公開選句講座を受講した折に、選者の「未来図」鍵和田秞子主宰と出会い俳句に目覚めた。

　鍵和田先生はこの年、第七句集『胡蝶』にて俳人協会賞を受賞し多忙の日々を送られていた。先生の俳句への姿勢、情熱に心打たれた寺田さんは、鍵和田先生を師として仰ぎ、迷うことなく、翌十九年二月「未来図」に入会。五十八歳の俳句入門は遅いスタートかもしれないが、過去の時間を取り戻すかのように句作に没頭された。

　以降の寺田さんの活躍には目を瞠るものがある。平成二十一年の

「未来図25周年記念コンクール」で応募作品が会員の部の特選第三席に入賞したのである。同時に入会後二年で未来図同人に推挙された。寺田さんの才能や俳句への真摯な取組みを如何に主宰が評価していたかが解かる。コンクールでの主宰の講評は「写実の方向の句群ではないが、そつなく纏まっており、感覚も新しい」というもので、寺田さんの俳句の本質を初めからよく見抜いておられた。そう言えば、本書の寺田さんのあとがきには鍵和田主宰の「もっと自己を突き放して、どんな事があってもあなたらしく」という言葉が引用されている。

さて、本句集『見失ふために』は、第Ⅰ章から第Ⅳ章までが「未来図」時代の作品、第Ⅴ章は「閏」に発表された作品群である。

先ず第Ⅰ章から。

北風吹けば俄かに星の集まれり

悲しむな僕のやうにと冬鷗

大空の鍵かもしれぬ寒北斗

信ずるに足る一本の青き麦
滴りのやうに流るるイエスタデイ
一箱の海をくださいい熱帯魚

冬の句から本句集は始まる。厳しい冬である筈なのにどこかゆとりのある、メルヘンのような句が並ぶ。一句目、「俄かに星の集まれり」の星たちは明らかに凍星であるが、凍てるということよりもその集まる星の美しさを主眼に詠んでいて、読者も安心してその冬の透徹した夜空を堪能できる。二句目の「悲しむな僕のやうに」と六句目の「海をください」は共に口語調の句で、寺田さんの俳句には、文語体と口語体の俳句が日替りのように登場する。これは幸子俳句の大きな特徴。「悲しむな」と語る孤高の冬鷗は、続けて「僕のやうに」と作者を勇気づけるが、この冬鷗はいったいどのような人生を送ってきたのだろうか。一つの象徴として冬鷗は作者の胸に棲む。三句目の「寒北斗」。見立ての句で寒北斗が空を開ける鍵のようだと謳う。この把握も斬新である。

次の四句目。一本の青麦を「信ずるに足る」と断定している。麦の穂の鮮緑は、そのたった一本で作者の心を奪ってしまった。青麦の本意をよく表した一句である。そして「イエスタデイ」の句。ビートルズの世代であったことがこの句で漸く解かった。「イエスタデイ」は作者の青春の蹉跌を十分にカバーしてくれる優しさに満ちている唄だった。「滴り」が優美である。

六句目は、水槽で泳いでいる熱帯魚に「海をください」と言わしめた異色作。本来、熱帯地方の海に泳いでいるものが狭い水槽で泳がされている。「一箱の海をください」は悲痛の声に聞こえるが、「ください」は「頂戴」と同じで物をねだる言葉。どこか優しく一句を包む。

第Ⅱ章では、「父のかなしみ」のタイトルが示す通り、平成二十五年六月に亡くされた父君を悼む句を多く収める。また、父に続き同年八月に亡くなられた御母堂に関しての句もいくつか収載している。

病床の父の唄へり夜の朧
ぼたん雪母は時々大阪弁
風車父のかなしみ気付かざり
母と食むレタス明るきレストラン
もう父の居らぬ町なり雹が降る
しらずしらず白玉好きの母に似る
秋冷の伸びたるままの父の髭
朝顔の実が鳴る母が年を取る

右のとおり、父母の句が対を為して並べられている。父母ともに八十代後半で天寿を全うされたせいか大きな悲しみを感じさせる句ではない。が、生前のご両親に対する素直な感謝の心がどの句からも滲み出ていて、読む者の胸を打つ。また、次の句には作者の鎮魂の気持ちが読み取れ、まことに切ないものがある。

かなしみを分解できず雹が降る

地球とふこの箱庭に生れて死ぬ

第Ⅲ章、第Ⅳ章は六十代後半からの句を収める。先ず冒頭部分から。

国境のなきひとつ星海鼠かむ
雪もよひ川の左岸をまだ知らず
剝製を置けば枯野となりにけり
冬の野に毛細血管あるらしき
むしろプロローグでは桜蕊降る
夜行列車にどこか似てゐる目刺かな

「国境のなきひとつ星」「左岸をまだ知らず」「剝製を置けば枯野」「冬の野に毛細血管」は、何故こんなことを詠むのか、何故こんなことを発想できるのかに驚く。「むしろプロローグでは」の桜に対する想い、「夜行列車にどこか似てゐる目刺」という突飛な見立て。これらの表現には誰も真似のできない独創性がある。

鍵和田秞子主宰はかつて「俳句は究極は自己表現の道である。いかに生き生きと自己を表現するか、いかに新しくあるべきかに、全力をかける他はない」と述べ、また選者として「真実があって詩としての余情があること」を基本にしたいと語ったことがある。これに応える形で寺田さんは独自の自己表現の道を歩む。自己の表現とは自分の思いを俳句で語ることではない。そこを錯覚することなく、寺田さんは世界を先ず素手で摑み、そこから普遍的な詩情を掬い取る。自己を語らずとも一句の中に確り作者が存在している。それが幸子俳句だ。

灯台のごとく駅在りつばめ来ぬ
なんぢやもんぢやまもなく雲になる予定
泰山木ひとつ死を見てひとつ咲く
こほろぎが人間劇に加はりぬ
夏帽子連ねて港町に着く
蟻の道かくもさみしきものを曳き

うたふべくうたふべく泉辺にゐる
この町の装幀として冬夕焼

比喩に長けている一句目。「灯台のごとき」でなく「ごとく」と表したことでこの駅の存在感が深まった。二句目の見立て。空を見上げる程になんじゃもんじゃの大樹は白い花を咲かせる。人間を圧倒するこの花の塊が「まもなく雲になる予定」だと詩人は把握した。その想像力の豊かさ。三句目、大きな肉厚の常緑葉から空に向かって咲く泰山木の巨花。直径二十センチもの花が一つ、二つと次々に咲き、次々に朽ちて落ちてゆく。「ひとつ死を見て」はその場面か。それでも泰山木はまた「ひとつ咲く」。泰山木の逞しさが伝わって来る一句だ。

四句目の「人間劇」は人間が織りなす、極めて人間臭い日常。俗っぽいドラマであるかのような場面設定であり、そこに「こほろぎ」を登場させた。長い後肢で跳ねる蟋蟀がこの人間劇に騒動を招き異彩を放つ。夏帽子の句は一転して爽やかな清新な情景を詠んでいる。港町へ到着する白い夏帽の子どもたちが大いに郷愁を誘う。六句目の蟻の道は長い行列が印象的。「かくもさみしきものを曳き」の「さみしきもの」の具体的なモノは提示していないがその分読者に想像をさせていて巧みである。
七句目は「泉辺」に佇み、泉が歌うのに同調して歌い出してしまいそうな、そんな気分を巧みに詠んでいる。「うたふべく」のリフレインが効果を上げている。八句目は「装幀」の言葉の発掘が全て。冬夕焼が町全体を覆う美しい景。それを「装幀」と言い表した才に感服した。冬の夕焼はあっという間に消えてしまうもの。その一番色の濃い一瞬の情景は、確かに神の創造した装幀に違いない。

第Ⅴ章は、令和三年に創刊の「閏」誌上に発表された句群。「未来図」時代の強い詩心は些かも衰えず、それどころか更に高みへと昇っている。ここでは筆者が「閏」に書いた作品評を改めて掲載する。

冬銀河ジャズも流れてゐるだらう

〈天の川わたるお多福豆一列　加藤楸邨〉のような句を見ると、俳句って自由でいいなと思う。心動かされるものに触れて、それが俳句を作るということに繋がっていく喜び。掲出の句もまことに自由。映画『2001年宇宙の旅』では「美しく青きドナウ」が流れていたが、ここでは「ジャズも流れてゐるだらう」。ディキシーランド、スイングジャズ、モダンジャズ、フリージャズ。暗黒ではない、賑やかな宇宙も素敵だ。

鳥雲に入るノーモアとノーモアと

同じ作品群に〈彼の国に青麦戦ぐはずなりき〉〈春深く街は言葉を失ひぬ〉がある。今もなお悲惨な目に遭っているウクライナの人々を想っての句である。掲出句では帰っていく鳥たちに託し「ノーモア」を二度繰り返す。作意はあからさまだが印象は鮮明。戦よあるなと。

風を呼ぶ地球は青きかざぐるま

地球が青い風車だという。沖縄では風車をカジマヤーと読む。それは数え九十七歳のお祝の行事を指す。オープンカーに乗り風車を持った老人はこの時、再び子に戻るとされる。輪廻転生。地球という風車がいつまでも微笑んでくれますように。

蟷螂生るすぐに線描画のモデル

〈蟷螂は馬車に逃げられし馭者のさま　中村草田男〉のように、蟷螂は俳句でも絵でもモデルにしてみたい生き物だ。大きな鎌を持っているからデフォルメし易いし愛嬌も感じられる。小さな子蟷螂も同様で、すぐにでもモデルに採用されるだろう。明るくて健康的な句。

有情かな佇むものへ泉鳴る

「俳諧有情」は金子兜太の言葉。有情は非情の反対のもの、感情をもって生きる「生」そのもので、人間性の温かさと理解する。この句の泉の辺に「佇むもの」は作者自身。こんこんと湧く泉に耳を傾けている。清楚で一句全体に愛を感ずる。心の濁りを忘れさせてくれる泉。

交換す一滴の血と蚋の毒

怖い句である。並んだ二つのベッドで血の交換をしている映画の一シーンを想像するが、そうではなく、蚋が作者の血を吸い、作者がそれと引き換えに蚋の毒を注入された。交換といっても平等ではないというところに、この句の怖さがある。こんな句を作った作者も怖い。

遥かなる眼差しに似てかなかなよ

蜩をしっかり見て、聴いて、あとは作者のフィルターで再構築した感性豊かな作品。遠くからの眼差しを哀調帯びたかなかなの声から感じとったのであろう。声とは異質の「眼差し」を比喩に取り込んだ意外性に注目。

たうたうと川は透徹すすき原

芒原を割って滔々とよどみなく流れる川。水の秋だ。濁ることなく透き通って流れている。ただそれだけのことだが、「川が透き通って綺麗だ」と表現しないで「川は透徹」と有無を言わさず断定したことにより、緊張感の高い作品に仕上がり、詩情も獲得し得た。芒原もひと際美しく見えるようだ。

天上と地上は隣蟬氷

天上は空よりも無限に遠い所。地上は我々生き物が住むこの世。普通は行けそうもない天上だが、死ぬと昇天するので、そういう意味でこの句の「天上と地上は隣」を読むと、生と死は隣同士にあるのだと理解できる。「蟬氷」は水の上に薄く張った氷が透明な蟬の羽根に似ていることからそう呼ばれる。それを剝がして日にかざすと美しい。生と死の幻想がこの一句を通して感じられた。

見失ふために見つむる綿虫を

綿虫は何処ともなく現われ、何処かへと去って行くので最後は、「見失ふ」のである。その消えて居なくなってしまうのが存外楽しみで、作者は綿虫の来るのを待っている。「見失ふために見つむる」はその逆説的な言い方で面白い。「見失ふ」は綿虫に限らず、作者は普遍的に見失うという感覚に快感を覚えるのだろう。生を享けたものはいつかその命を失う。「見失ふ」に綿虫への、命あるものへの慈しみが感じられる一句。

以上、「閏」誌から引用した。「生と死の幻想」と筆者は書いたが、これは寺田幸子さんの俳句全体に言えることではないか。「風を呼ぶ地球」「蟷螂生る」「泉鳴る」「遥かなる眼差し」「天上と地上は隣」「綿虫」など、宇宙も星も地球上の小さなものたちも、毎日それぞれが生と死を隣り合せにしているという幻想。それがこの句集の全編を詩情豊かに流れている。

さて、寺田さんの愛読書『俳句入門』。著者の秋元不死男は、戦前は「東京三《ひがしきようぞう》」の筆名で新興俳句運動に身を捧げた人。石橋辰之助が仲間と創刊した「天香」（昭和十五年）という俳誌で京三は、評論や作品の他に「俳句入門講座」を書いている。その「天香」は弾圧により雑誌の継続が難しくなり第三号で終った。彼もその後検挙され、二年程拘置所での暮しを余儀なくされた。戦後は秋元不死男の名で甦り、この戦前の「俳句入門講座」を下敷きに『俳句入門』が出版された。寺田さんはその中の〈易きにつかず、自由に創造する〉という内容の言葉に魅かれたという。後年、鍵和田秞子先生からも「どんな事があってもあなたらしく」と励まされ、寺田さんの創作は独自の感性を基に今もなお自由に、意欲的に続けられている。

黄蝶かな檸檬が空をゆくやうに

失恋の後と同じね花過ぎは

青葉木菟いづみの如く夜が透く
ちちよりもははに似てゐる泉かな
人類のはじめの言葉南吹く
蟷螂は線で生まれて来たりけり
冬鳥が記憶の地図に泪する
冬が来る鯨が鹹き海を来る
新生の予感に充ちて冬野かな

近年の秀句から引いた。寺田さんの句はいよいよ研ぎ澄まされ、新しみを加えている。俗に流れず志を高く、何よりも心の真実の表出が素晴らしい。きっと多くの読者の共鳴を獲得することだろう。
『見失ふために』のご上木を心よりお祝い申し上げます。

令和五年　端午

「閏」代表　守屋明俊

見失ふために／目次

寺田幸子句集

見失ふために

Ⅰ

驟雨を浴びて

二〇〇七年～二〇一〇年

北風吹けば俄かに星の集まれり

冬海を見に来て岩となりし象

凩は山の親友かと思ふ

冬は歩を速めつつあり夜の雨

涸川やかもめといふ名のベーカリー

地の表おだやかならず霜の花

魚群図のごとき市場へ着ぶくれて
何事を叫びをりしか鱘のあご

さかしまに歳月の在り冬泉

冬凪の端縫うてゆく五能線

悲しむな僕のやうにと冬鷗

荒星のどれが私の父だらう

惑星は海をこぼさず去年今年

マフラーを巻きて二人子抱きしめて

大空の鍵かもしれぬ寒北斗

風花や貧しき詩人生れし家

風花や溢るるものは山河越ゆ

料峭や野鳥は胸を膨らます

堅雪に下りてきさうな北斗かな

きさらぎの山は簡素でありにけり

恋人になる予感して春北斗

三月の水平線を見に行きぬ

春風のまつさきに着く岬かな

口笛のつたなき少女水温む

永日や泥の底にも生くるもの

少年の肩を抱きて風光る

信ずるに足る一本の青き麦

蛙田やアイネクライネナハトムジーク

アネモネの開いて閉ぢて耳順過ぐ

貨物列車のレタスの傷む映画見き

夏みかん心はいつも自由席

永遠を知つてゐさうな蟾蜍

桜の実パンの酵母になるといふ

雨の日は山の案内を雨蛙

蟷螂生ず忽ちに独りなり

嬉しき日驟雨を浴びて駆け戻る

朝涼やウッドチップの森の道
青空を歩きたくなる蜥蜴かな

水すまし今日の仕事はエキストラ

背泳ぎをして青空を進むなり

水の傘さして海月の散歩かな

繋留の高鳴るマスト海月浮く

滴りのやうに流るるイエスタデイ

夏霧の走りゆくなり山の肩

真つ直ぐに胸の底まで西日かな

一箱の海をください熱帯魚

秋涼し青きインクの葉書来ぬ

穴あまた深きままなり秋の蟬

西瓜提げ男は父となりにけり

秋の風赤いスリッパあげませう

この沼の源として芋の露

月光に背中曝して鳴くものよ

秋の疵ひとつ背負ひて蝶渡る

Ⅱ

父のかなしみ

二〇一一年〜二〇一三年

アンデルセン童話もらひし雪の駅

パンを踏む少女の話冬の月

極月の詩館の隅の旅鞄

レール置かば汽車現れむ大枯野

ピーラーで人参サラダ失恋ね

初雪や町に含羞あるごとし

寒満月御機嫌ようと絶筆に
セーターの黒のまぶしき人なりき

夢の世に許さるるなら焚火番

初雪やベリーショートにしてしまふ

父と乗る電車ひさびさ麦は芽に

啓蟄や三本立ての映画館

病床の父の唄へり夜の朧

ぼたん雪母は時々大阪弁

春宵をしばらくお借りできますか

新しき水汲む春の北斗かな

クリオネが流氷連れて来る頃か
いっぽんの道現れよ海市へと

海市には君の生家もありぬべし

ひとかどのゴム風船となりにけり

オープンカフェ架たんぽぽの予約席

風車父のかなしみ気付かざり

母と食むレタス明るきレストラン

夏近しパレット風の果物屋

ひとひらの行方蛙の目借時

フランネル草ウエイトレスの片ゑくぼ

昨日より色濃くなりて子かまきり

六月のぶなの山より水の音

箱庭へ夕星ひとついただきぬ

D組製のガリ版歌集青嵐

海亀や歌人でありし理科教師

2Bの鉛筆親し青田風

雨粒の宿りに撓ふ蜘蛛の網

しらずしらず白玉好きの母に似る

かなしみを分解できず雹が降る

地球とふこの箱庭に生れて死ぬ

もう父の居らぬ町なり雹が降る

木登りといふ涼しさにゐる子かな

銅版の如き裏町西日中

マンモスの足音はせず水を打つ

ひとりひとりの真正面に揚花火

生きてゐる山生きてゐる鰯雲

ラ・フランスこの先杳としてをりぬ
習作といふ近しさに猫じやらし

朝顔の実が鳴る母が年を取る

高校生仲間林檎を捥ぐ仕事

弟が父に似てくる落花生

秋冷の伸びたるままの父の髭

秋の酒場若き父等のたむろして
一度わが頰打ちし父断腸花

ななかまど父の住みたる町七つ

デラシネのかなしみに打つ鉦叩

Ⅲ　うぐひすの喉

二〇一四年～二〇一七年

国境のなきひとつ星海鼠かむ

空想の欠片の舞ふよ綿虫よ

禁じられし遊びのやうに帰り花

枯蘆原やさしき場所としてありぬ

雪もよひ川の左岸をまだ知らず

図書館に学ぶ横顔冬の雨

椅子あまたしづかに聖夜待ちてをり

裸木に凭れピエロは眠りをり

寒波来る渇望といふ黙の中

めぐるめぐる水の惑星獏枕

元気にとちちの最後の賀状かな

こころざし述べ若人の屠蘇を干す

ホットココア一番バスは光る箱

負の数を足せといふ問毛糸玉

大鷲の標本であること忘る

冬の野に毛細血管あるらしき

寒林が光を分泌してをりぬ

裸木やこんなに潔くなれぬ

剝製を置けば枯野となりにけり

春風や文法書にもエピローグ

明日葉や颪と生きねばならぬ島

つつましき狂気と思ふ春鷗

啓蟄やスフレにそつと穴を開け

むしろプロローグでは桜蕊降る

折節の母のメモなど花筏

花筏水に後るること少し

あの野なら聞こえはせぬか蝶の声

夜行列車にどこか似てゐる目刺かな

うぐひすの喉を貎ほどふくらませ
末黒野に少し身体の沈みたり

美しき錯誤地獄の釜の蓋

舟底のやうにたたむよ紙風船

紙風船きのふに少し息を足す

灯台のごとく駅在りつばめ来ぬ

揚雲雀偏西風は蛇行する

鳥に羽船に竜骨五月かな

ゆりの木の花降る小さき食堂に
ほととぎす眠らぬ街のやうに啼く

青嵐小さき野鳥の死を示す

なんぢやもんぢやまもなく雲になる予定

泰山木ひとつ死を見てひとつ咲く

緑夜かな夫が口笛吹いてゐる

橡の花学生街を風高く

梔子や名画座ひとつ残る坂

あぢさゐは雨に救はれるでせうか

半夏生シンメトリーの樹間行く

半夏生草けんくわして仲直り

こんなにもやさしく不意に捩れ花

八百屋です梅雨夕焼の八百屋です

シーラカンスに繋がる海ね熱帯魚

玫瑰や砂嘴の果てより舟に乗り
カンカン帽レールの果てに辿り着く

ななかまどの花フェリーの着く頃か

帰れぬ故郷卓上のサングラス

箱庭のいづこか荒野潜みゐる

ひたひたと嵐近づく金魚玉

氷水二日泊まれる町親し

風鈴の無題奏でてをりにけり

博物館真空地帯めく真夏

絶滅といふ骨格の涼しさよ

蟻螻の生は表に死は裏に
はるばると風来ぬ桐の実の鳴りぬ

赤のまま都市の消滅するといふ

いなびかり俯く無名戦士像

岬からあの岬へと秋の虹

とんばうや独りを愛し群れをなし

面長でさながら賢者轡虫

鈴虫の啼き止み夜が無限大

夜半の秋ちちにもらひし昆虫記

風船かづらここは純情商店街

風船葛どこか少女に似てをりぬ

行き暮れて或る秋の灯の思はるる

三日月は悲しき裂け目かもしれぬ

銀杏の実一億年を知つてゐる

雨宿りして同罪に秋の街

こほろぎが人間劇に加はりぬ

文旦や明るく友の遅れ来る

Ⅳ 夜が透く

二〇一八年～二〇二〇年

冬来る冬の美学のあるやうに
帰り花後るるものの閑さに

ブルーシート途方に暮れて冬に入る

綿虫は或る残響となりゆけり

片時雨車窓は小さきスクリーン

見つめすぎればつひに悲しみ冬の星

生まれては死ぬ理や冬至梅

しあはせを汲むためにこそ冬北斗

冬北斗けふは誰かが借りてゐる

冬夕焼亡き両親に礼を言ふ

昼の梟眠り過ぎたる死のやうに

こよろぎや冬波洗ふさざれ石

一月の水平線や円位堂

うつくしき言葉たらむと梅ひらく

春の水列車のやうに海を指す

涅槃図に山の天狗の加はりぬ

片栗の花約束の訪問者

養花天ほらうぐひすの白き腹

うぐひすが水呑む池の水を呑む

うぐひすの骸やはらか街に死す

うぐひすの死へ底無しの青い空

白詰草フォークソングを歌ひし日

山笑ふ笑つてくれる人がゐる

蝶一頭むしろ無謀にあぶなげに

たれかれへ鐘の響ける海市かな

岬とは風の舳先や夏に入る

どこまでも港の空よ白日傘

夏帽子連ねて港町に着く

青嵐あの客船を押してみよ

風青しいくつの窓を抜け来しか

頑是なき子供のやうに水すまし

菱の花ちちの語りし小さき町

一斉に窓から拍手万謝の夏

蟻の道かくもさみしきものを曳き

平穏にひと日は過ぎぬてんと虫

超巨大ブラックホール蚊喰鳥

弟逝く青き矢車草揺るる

うたふべくうたふべく泉辺にゐる

青葉木菟いづみの如く夜が透く

崩壊を孕む地球や法師蟬

朝顔をだれも花束にはできぬ

雁渡しガンジー像の細き脚

糸瓜の水盗人のごと引きにけり

せきれいの波型に飛ぶ癖も好き

梨の皮例へば雨の螺旋階段

木の実降るしづかに受容する地平

鬼の子の堅き寝袋風騒ぐ

柊の花や売られてゆく家に

裸木に前も後ろもなくなりぬ

この町の装幀として冬夕焼

V　捩花の階段

二〇二一年〜二〇二二年

冬野とは光かがよふレクイエム

冬が来る山のふもとへ斜交ひに

枯蟷螂かほ扁平に鎧ひたり
凩に滾りたかぶる樹となりぬ

新生の予感に充ちて冬野かな

陽に風に皮膜の思考する冬木

冬木なほ生きる未完のストーリー

冬銀河ジャズも流れてゐるだらう

雪が降るあの結晶が降つてゐる
ありがたうよろしくと言ふ雑煮かな

寒北斗月光を汲み明日を汲み

冬ざれや母のやうなる待避線

しんとして寒林は待ちつづけるよ
春隣る創刊は閃光に似て

末黒野といふふかふかのメカニズム
あの巣箱の大きにやがて来るものよ

貝母咲く二冊の句集届きし日

彼の国に青麦戦ぐはずなりき

鳥雲に入るノーモアとノーモアと

春深く街は言葉を失ひぬ

一滴にはじまりをはる春驟雨

滾りたぎり川は二手に桜騒

養花天坂を五人で一列に

人の橋と車の橋と花筏

桜蕊降る通過儀礼のやうに降る

失恋の後と同じね花過ぎは

遠足の列なら二十四の瞳

風を呼ぶ地球は青きかざぐるま

黄蝶かな檸檬が空をゆくやうに
海市へといつしか紛れ込んでをり

蟷螂は線で生まれて来たりけり

蟷螂生るすぐに線描画のモデル

かたばみのみな巻貝となり眠る

青葦原一隻として揺れてゐる

花胡桃すでに小さきものを秘め

ほととぎす夜を大きくはみ出しぬ

捩花の階段雨が下りてくる

夏空に水平線が触れてゐる

大南風ニョッキのバジルソース和

ビーチパラソル地軸位にかたむけて

サーカスの小屋の天幕ジギタリス

エーデルワイス一番深きものは空

有情かな佇むものへ泉鳴る

ちちよりもははに似てゐる泉かな

守宮這ふ星を配達するやうに
交換す一滴の血と蚋の毒

人類のはじめの言葉南吹く
かなかなはいつだって波の先端

遥かなる眼差しに似てかなかなよ

幼虫のひしと貪る野分中

朝顔にまたあたらしき朝来る
かなしみかあこがれゆゑか鉦叩

方丈の夜の方寸鉦叩

白桃剝く百鬼夜行の暗がりに

野分立つ塩つぱき海を揺さぶりて
たうたうと川は透徹すすき原

鰯雲デジャブのごとき一日に
ななふしは精一杯の棒切れです

夜は町の裏面に在り月渡る

鷹柱小さきを連れてをりにけり

檸檬買ふ忘れ物などせしごとく
禁断を言ふな林檎の赤ければ

冬鳥が記憶の地図に泪する

柩にはふたつの帽子雪しぐれ

冬が来る鯨が鹹き海を来る
鎌鼬我等はどこへ向かふのか

天上と地上は隣蟬氷

見失ふために見つむる綿虫を

あとがき

文学仲間であった両親の家は本で溢れていました。その中から高校時代に、秋元不死男著『俳句入門』を貫いました。俳句との初めての出会いでした。「易きにつかず、自由に創造する自己にじぶんがめぐりあう」という主旨の文章などに魅かれ、いつか私も詠んでみたいと思ったのです。

憧れのまま数十年が過ぎた或る日、カルチャーセンターの公開選句講座を受講し、翌年「未来図」主宰鍵和田秞子先生に師事することができました。先生は、もっと自己を突き放して、どんな事があってもあなたらしくと励ましてくださり有難く存じました。

この十六年間には、父母も亡くなり、ひと回り下の弟も逝ってしまいました。ただ茫然とする日々も、俳句そして先輩・句友は家族の様に傍にいてくれました。『俳句入門』は、晩年の今、一層深く私の胸を熱くするのです。

鍵和田先生ご逝去後二〇二一年に、長く編集長でいらした守屋明俊様創刊の同人誌「閏」の門を叩きました。学ぶほどに難しく途上にありますが、初心の頃よりの三〇〇句を収め、初句集と致しました。

集名「見失ふために」は、「見失ふために見つむる綿虫を」（二〇二二年二月「閏」第七号）に拠ります。綿虫は自らをふと過る一瞬の断章でもあります。

守屋明俊代表にはご多忙の中、選句及び助言をいただき温かな序文も賜りました。伏して御礼申し上げます。同時に、励ましてくださった多くの皆様にも心より感謝申し上げます。

二〇二三年立夏

寺田幸子

著者略歴

寺田幸子（てらだ・ゆきこ）

1948年　大阪府生まれ
2007年　「未来図」入会
2009年　「未来図」同人
2020年　「未来図」終刊
2021年　「閏」創刊同人

俳人協会会員

句集　見失ふために　みうしなうために　閏叢書第一篇

二〇二三年七月二九日　初版発行

著　者――寺田幸子

発行人――山岡喜美子

発行所――ふらんす堂

〒182-0002　東京都調布市仙川町一―一五―三八―二F

電　話――〇三（三三二六）九〇六一　FAX〇三（三三二六）六九一九

ホームページ　http://furansudo.com/　E-mail　info@furansudo.com

振　替――〇〇一七〇―一―一八四一七三

装　幀――君嶋真理子

印刷所――日本ハイコム㈱

製本所――㈱松　岳　社

定　価――本体二八〇〇円＋税

ISBN978-4-7814-1571-0　C0092　¥2800E